文芸社セレクション

しょうもない一生一世
判定はあの世の二人

益多 蘭葉

MASUDA Kayo

文芸社

しょうもない一生一世
判定はあの世の二人

青空に目が向くことが多くなった。

夫が四年前からいる所為であろうか、只々漠然と見つめているだけだが、必ず溜息が出る。それが何の溜息か定かでないが、すがすがしく、今日も頑張ろう、明日も頑張ろうと思うのだ。

他人様には元気に見えるようで、決まって、

「私の身体に入ってみてガタガタよ」

と答えている。

自分なりに小さな小さな歴史を刻んで七十三年になった。

一杯夢を抱いていた頃に、時計の針を戻すことが出来るなら、戻してほしい。今までの人生を否定するのではないが、この世に早く生まれ過ぎたように思いつつ、あの時代で良かったのか、いつの時代でも、今あ

る姿が精一杯の私なのだ。

昭和十九年、冬、生まれて来るはずだった男の子を死産した五年後に生まれた私は「孝行者や」と言われ育った。親に逆らうこともなく、悲しい思いもさせたくなかった。この思いは今も抱く。

幼稚園に上がる頃には、日本舞踊やバレエ、お絵かきを習っていた。何故か、舞扇はいまだに持っている。滅多に開けない引き出しに、仕舞い忘れていた扇を見つけると、母がなお、いると感じる。染み、虫食いなどで、辛うじて残るピンク色、金銀の絵模様、流派の紋、開くのが怖い程朽ちている。舞踊が未練で、取っておこうとか、捨てようとか考えたことはない。母が買ってくれた最後の一本だったかもしれない。

母は、三味線が好きで稽古に通っていた。母の三味線で、奴さんを踊ると、大喜びをした。

父は広島から大阪へ、歯科医院で書生をしていた。剣道は教官を務める程だった。戦地から戻ると公務員になり働いていた。

母は大阪の親戚の家で裁縫を教えていた時、父を紹介された。結婚迄1か月もなかった。

公務員の父は、毎日のようにお土産を買ってきた。ある夜、父は秋田犬の赤ちゃんを上着に隠して、帰って来た。その時の、驚きと嬉しさは忘れない。動物好きの原点になった。

私の節目節目に、父が居た。

小学一年の時に弟が生まれた。父は大層喜んで、

「百万ドルが生まれた」

と毎夜、毎夜、友を連れて帰って来た。

小学六年の時に妹が生まれた。父が厄年の時に生まれたため、その当時の風習で、生まれるとすぐさま外に連れ出され、家の角に捨てられる

のだ。外には妹を拾う人が待機し、すぐに家に連れ戻してくれるのだが、私はなかなか理解できずにいた。心配で、心配で、拾う役のおばちゃんとドキドキして、その時を待っていた。毛布に包まれた妹は、瞬く間に、おばちゃんに大切に抱えられて、再び、家の中に入って行った。私は無性に涙が溢れ、暫く、小さな石に腰かけていた。家に入ったのは、身体がだんだん冷えてきて、空に星が一つ、二つ、現れた頃。妹は気持ちよさそうに、スヤスヤ眠っていた。

妹は中学生頃まで、父の膝の上に座っていた。父は決まって、

「ちぃは重たいのぅ」

と嬉しそうに言っていた。

私は、一人っ子、一人っ子と言われ続けた日々が、徐々に変化していた。

妹が生まれてから全てが一変した。

父が病で倒れ、三年間休職した。最初の誤診がなければ、長く伏せることはなかった。一週間遅かったら、父の命は保証できないと言われたらしい。お給料は基本給しか入らない。母は自慢にしている三味線を手放した。

「私も踊り辞めてかめへんよ」

と言うと、

「堪忍なぁ」

と寂しげだった。中学三年で舞踊はやめたが、四年生から始めたそろばん塾だけは続け、高校卒業時には上段の手前までで終えた。

父と一緒に買ったそろばんは、作者名入りで、今でも、歪みもなく良く動き、大切に保管している。常に使用しているのは、二番手の物。なぜか気が楽なのだ。電卓操作よりそろばんの方が信用できると思ってしまう。

父の長引く患いに、家で、内職を始めた母に代わり、中学校から帰ると市場に行き、夕食の支度、弟と妹の世話が日課となった。

ある日、帰ると母の様子がいつもと違い、

「何かあったん」

と聞くと、母が、

「玄関出たら、知らん男の人がいてはって、千円貸してと言いはるねん。見知らぬとこへ来るのは、よっぽどやと思うてなぁ。千円はしんどいので五百円で良いかと言うて貸したけど、ああ、この五百円は返って来ないなあと渡したわ」

そして私に、

「人に何かを貸す時に、未練を持ったらあかん。返って来ないものと思い、貸すんやで。それが嫌やったら貸しなさんな」

と言い含める様に言った。その頃の大阪は、コンクリート道にするため、家の前も工事中で、そこで働いている人だと思うと母は言った。お金が戻ったか聞いていない。人間が作ったものならば、勉強すれば出来ないはずがない。年をとってまで他人様から諭される生き方はなさけないと常々自身に言い聞かせていた母。分け隔たりない愛深き人だった。母の内職は父が復帰してからも長きにわたった。

私は自転車で通える高校を望んだ。私が無事、公立高校に入学する日、父が来た。一緒に父と並んで歩く帰り道、

「親孝行してくれた」

とポツリと言った。

私は、父の後押しで公務員になった。勤めを終えると、その足で、半ドンの土曜日、日曜日も休みなしに多種多様の資格習得に明け暮れた。

職場の人達から、

「男を振るのが趣味でっか?」

と言われ、皆から笑われた。ハッとしたが、そうかも知れない。

思えば、高校二年の一学期に健康診断があった。視力検査の時、右眼は今迄通り一・五あったのが、左眼の検査の時だ。右分けをしていた前髪を上げ、検査表を見て呆然とした。目の前が真っ白で何も見えない。検査の先生が指されても何も見えない。何か言われている。何か言わないとあかん。何度も目を瞬いたり見据えていると、やっと上部がぼんやり浮かんで来た。一年の間で一・五から〇・八に落ちた。これから前髪を左分けする様になった。

授業中に時折、

「どこを見ている」

と注意をされる様になり、自分では一生懸命に聞いているのに、どうして注意されるのか分からず、先生が怖くなり、勉強の意欲も薄れて行き、引っ込み思案になっていった。

お正月になり、中学時代の友達から同窓会に誘われた集合場所は、毎回、先生の実家がお寺なので、呼ばれる。先生の弟さんが自動車で迎えに来てくれる。その車の中での事、ワイワイおしゃべりをしていると突然弟さんが言った。

「カヨちゃん、目悪かったんか」

何を言われているのか分からないまま、お寺に着くと友達は我が家のように動き出す。机や座布団を並べる者、台所では用意してある野菜や肉、魚の調理、食器を出したり、にぎやかな声や音をうしろで聞きながら、私は縁側でしちりんの炭に火をおこすとみんなで食べる銀杏を炒りながら、悶々としていた。早く帰りたかった。

母に言うと、しょんぼりして、

「ウチが悪かってん。ちっちゃい頃に結膜炎にさせてしもうたさかい」

「そんなん、前髪を垂らしていたからや」

それからは、あちこちの眼科に行き、占いまで連れて行かれ、占い師は、

「三十歳ぐらいで落ち着きます」

と言った。大病院の先生は、

「斜視は手術をしようと思えば出来ますが、上手くいくか、かえって悪くなるか、五分五分です」

と言われた。

母は私の目のために肉断ちを守り抜いた。目は現在まで放置したままだ。

習い事はすべて、交通の便が良い所を選んだ。大阪梅田発、最終バス、十時四十五分に乗るのに、走ることが多かった。降車駅に毎晩、弟が迎えに来てくれた。途中、お風呂屋さんに入り、それぞれ確認し合っ

て湯から上がると、皆の声の中に私達の声も響き渡った。

二十分かかる道は、いろいろ笑い話をしながら、満天の星の輝きと共に歩いた。

ある晩の帰り道、

「勉強せなあかんのに、大事な時間を割いてくれて堪忍な」

と言うと、

「かまへん。かまへん。大丈夫や。ちょうど休憩になって、ええねん」

と言ってくれた。

迎えは、私が結婚するまで続いた。弟は国立大学に入学した。そして、妹も国立の技術系大学に入学出来た。

いつだったか、弟に、

「今あるのはいつも迎えに来てくれたから頑張れたんや」

と言ったことがある。

「お姉ちゃんが頑張ってるから僕も頑張れたんや。遅うまでミシン踏んでたもんなぁ」

私達三人は本当に仲が良い。私は長女だ。

「お姉ちゃん、お姉ちゃん」

と呼ばれながら、誰もが認める末っ子のような存在だ。あぶなかしい姉が、心配で仕方がないのだ。嬉しく甘んじている。弟妹は私の胸の奥にしまっている誇りだ。気が付けば、いつも、弟や妹に助けられていた。

母から聞かれたことがあった。

「上の学校行きたかったたん違うん」

と言う。高校は当然のように就職クラスに入っていたので考えもしなかった。

「私は大学に行った様なものやんか。働いてもお金は入れたことないし、反対に援助してもろてたんやん」

と返事をする。

特に洋裁は、製図の異なる二教室に師範を得る為に延べ七年通った。他に諸々の免許修得後、洋裁教室の助手になったが手当は勤めていた時の三分の一の六千円だった。真のデザイナーの道は、当時、年二回の大きな出展があり、お金も掛かるが、三年連続入賞規定の厚い壁。特殊な仲間意識が見え隠れの世界、お金か才能か、どちらかでもあればまだしも、お金もない、才能もない現実も目の前にあった。

私の人生に深く深く関わる、大切な大切な一人の友が傍にいる。大阪生まれで、大阪育ちの二人は、共に歩んで六十年の歳月が経つ。うとい私が中学生に上がった時からだ。一学年、二学級の小学校から、一学年、一クラス五十四名、十二学級の中学校。

ようやくクラスに馴染んだ頃、綺麗な女の子がいるとあっちこっちから聞こえて来た。私は女の子が見たくて教室の前まで行ったが、恥ずかしくなり、足早に素通りした。運動会が近くなり、部室に行く廊下で一人の女の子が飛び出て来た。目と目と合うとニコッと微笑んで走り去った。彼女だ。想う以上に綺麗だ。

その日から、不思議なほど度々出会うと憧れを抱いた。

三年生になり、彼女と同じクラスになったが、挨拶だけで夏休みに入った。登校日、友達の家に誘われて行くと、彼女も来ていた。彼女は優しく朗らかで周りの者を楽しませ、笑い声が絶えなかった。いつも誰かれと囲まれている彼女が、よくわかった。

彼女と親しくなれたのは修学旅行の船の中、九州に向かう途中、乗った船が大嵐に巻き込まれた。彼女と私はひどい船酔いに苦しみ、隣同士で寝かされた。

いたわりあったのが最初だった。いつの間にか、

「ナガちゃん」

「カヨちゃん」

と呼んでいた。高校は別々になってしまったが連絡は取り合っていた。


十九歳の時、ナガちゃんは恋愛結婚をした。母を韓国人として持ち、夫となる人も韓国の人だった。民族衣装姿の花嫁は眩しく美しかった。

ナガちゃんの幸せな生活は長くは続かなかった。小さな子供三人を抱え、社会の偏見や、類焼で家を失い、御主人の仕事の失敗が続き大きな負債が残った。この時から、ナガちゃんは職場を転々としながら、子供達を立派に育てあげた。今でも、夜明け近くから病院の賄い方で頑張っている。

私は二十三歳になった。近所の女の子達はお嫁さんに行き、残るは私だけのようだ。

ある日、しみじみ母が、

「今まで言わなかったけど、見合い話がぎょうさんあったわ。もう断られへんわ。これ以上断ったら、あそこの娘さんに話を持って行ってもあかんよと言うて、もう相手にしてくれはれへんかもしれん」

と初めて悲しそうに言った。

以前、二～三度見合い話を聞いた時、

「お母ちゃんが行ったらええやんか」

「私が行けるものなら行きたいわ」

と言い合った後、いつも大笑いしていたが、しばらく何も言わなくなっていた。

「今度、話があったら会うてみぃひんか」

と私の顔を覗く様に聞いた。私は結婚したくなかった。洋裁教室と服を売る店を持ちたかったが、店を出すお金を出さされるんやったら、結婚道具に使いたいと母は嘆いた。


このことから少し時が過ぎ、早めに帰宅すると母が泣いている。母は一か月間入院をした。手術の時、父は涙を流しながら、

「死なせるわけにいかん」

と言った。私は一か月の間に初めて、父と母の涙を見た。私はこの時、好きなコーヒー断ちをした。十年間しか出来なかった。


二十五歳の母の日に渋々見合いをした。孝行の一つと軽い気持ちだった。相手から嫌われるように長い髪をバッサリ切って、ほかし忘れていた嫌いな服を着た。母は、

「もうちょっとええ格好しなさい」

と願ったが、

「これでええ」

と突っぱねた。


形式ばるのが嫌で、梅田のこぢんまりした喫茶店で紹介もそこそこに、すぐさま出た。離れたかった。相手は、

「どこに行きましょうか」

と聞く、私は上映中の洋画、

「南太平洋が見たい」

と言った。当時の映画館は自由席で出入りも自由であった。二本立てが普通だが南太平洋は長時間の上映で一本の上映だった。思った通り館内は扉まで人が溢れ、その中を無理やり入った。二十分ほどで終わり人々が席を求めた。私も一つ空いた席にさっさと座った。周りを見渡したが相手はいない。わからない。上映されると終わりまで見入ってい

た。

見合いを忘れていた。顔も覚えていないので、外へ出ようと歩いて行くと、改札場所で相手が足早に近づいて来た。初めてまともに顔を見た。ずっと待っていたのだ。恥ずかしかった。

五時になっていた。それからは、相手に従った。

私は第一声、

「私は斜視です。この話、断って下さい」

と切り出すと、

「そんなこと気にしません」

と言うと、次から次へと職場のことや失敗談を面白可笑しく話し、十時閉店で追い出されるまで話し込んだ。帰りは送っていきますと言ったが、慣れているので断った。迎えに来た弟は、

「ええ人ちゃうん」

と言う。見合い話があると何かと反対していた弟の意外な言葉だった。

毎晩のように電話が鳴る。母は、

「女は男の人に好かれている方が幸せや」

と言う。

私の意思とは裏腹に話は進み、秋深まる頃に結婚をした。嫁ぐ日も前の日も父は何かと理由を作り私に挨拶をさせない。逃げている。慌ただしく式が終わり、列車が発車する間際、人々の肩越しにやっと父と目と目を合わせ、

「ありがとう」

と口を動かし伝えた。うんうんと頷く父の姿が涙ですぐ消えた。

夫の家は五十人以上の使用人がいた、欄間等取りあつかう建具屋だっ

たが、戦後没落していた。

夫は男五人女二人の七人兄姉のおとんぼ。戦時中に二人の兄が戦死や病死で、五人兄姉になっていた。二人暮らしの義父母は七十歳。八十八歳の見送るまでの戦いが、一年目辺りから動き出していた。

義姉から呼び出された。私は大きなお腹を抱えて義父を病院に連れていくようになった。義父は優しい人だが、爆撃の弾が耳をかすめて落ち、九死に一生を得たが、そのためカミナリを怖がった気の毒な人だった。問屋の娘だった義母や義姉は気位高く、嫌味ばかり言う意地の悪い人達だった。結納の日に母が心配した勘が当たった。

「大丈夫や。任しといて」

と言ったものの、相手は筋金入りだった。妊婦の私を何度も呼びつける。もがいた。結婚って何？　通う道で何度も問い返していた。最大の賭け、ならわししきたりと言う魔物、子孫を残すためであれば、こんな無体なことはない。人間って何？　嫁って何？　生きるって何？　でも、もう結婚をしてしまった。悲しくなり逃げ出したかった。通院は長女を生んでも続いていた。


夫と初めて喧嘩をした。私は朝になっても夜が来ても怒りが収まらず、夫はまだ帰る時間ではない。今のうちだ。子供を抱き上げ荷物を持った時、察してか夫が早く帰って来た。すぐさま、状況判断出来ると私の手から荷物を取り上げ、

「僕も一緒に行くわ」

と言った。私は力が抜け、その場に座り込んだ。


二度目は大喧嘩になった。もう限界と夜明けを待って実家に迎えに来てほしいと連絡をした。一時間すると父が来た。私に向かって、

「お前は残れ」

そして夫に、

「何時の電車に乗るんや。送って行く」

と言うなり、二人でサッサと出て行った。

父から生まれて初めて、「お前」と言われ取り残された。女三界に家なしと悟った時だった。大きな喧嘩は止めた。


義母は私が台所に立つのを嫌がったので、入らないようにしていた。いろいろ聞くので煩わしいのであろう。

夫と共に行くといろいろ食べ物が出るが、私が一人の時も長女と二人の時でも何も出ない。何も言わない。どうして良いのか分からない私の姿を見て義母は喜んでいるみたいだった。飲み物を持参しても飲む機会さえなく帰り道で飲む。

母に相談すると、

「何か買って行きなさい。そして、これはお義母さんのですと出し、カヨちゃんらは堂々と食べなさい。お義母さんが食べはっても食べはらんでもええやんか」

それから、買い物して行くようになると、義姉から、

「お義母さんうなぎ好きやから買って行ってやって」

と電話がある。うなぎは買って行ったことはない。私はうなぎが嫌いだから思い浮かばなかった。

四年後に次女が生まれた。義父は寝ることが多くなっている。病院に行けない時は、先生に家に来てもらうよう頼みに行くが、いつになるか分からない。寝泊りする時は外食で済ませ、義父母には買って帰った。次回の往診を頼み、義父母の食事を用意して帰る日課だった。次女をおんぶして、長女と手を繋ぎ、歌ったりしながら通うのだが、砂場などで親子が楽しそうに遊んでいる光景を見ると、我が子が不憫でならなかった。羨ましかった。涙を隠しながら歩いた。

義父を看病しながら、自分の親はこの手で看病したいと思った時〝義父母は可哀想な人やなぁ。子供七人も生んどいて誰一人看病せぇへん。私に押し付けて、そんならとことん見たるやないか。その代わり私の親が倒れ私が付きっ切りになっても、文句一つ言わせへん〟と心に誓った。腹をくくると行動は早かった。

父が数年は乗れると車をくれた。敷布団を担架替わりにして、倒れた義父を食堂を兼ねる台所、四畳半一部屋、六畳一部屋の寮に引き寄せた。容易いものではなかった。夜中に三十分おきに声がする。義父は昼夜逆転し、私は寝不足などでなかなか起き上がることが出来ずにいた。

当時は介護という言葉もない。介護用品等は、皆無に等しかった。

義父には下の子と同じオムツを使った。毎朝、布団寝巻何もかもおしっこでベトベト、私もベトベトになる。すべてが片付くまで寝巻のままでいた。

日曜日は夫と二人で抱えてお風呂に入れる。毎日、綺麗に拭いているつもりが、いつもおいどにビッシリとうんこちゃんが付いている。私の手指には常にうんこちゃんが付いた。

幾度かナガちゃん達友人が遊びに来た。みんなで義父や私を笑わせてくれる。

再びナガちゃん達が来る。いつものように楽しいひと時だ。ナガちゃんが冗談半分で、

「お義父さんのおしっこなぁ。ナイロンの袋か被せて紐か何かで可愛く結んだら」

と。他の友からいろいろ意見が出る。皆で大笑いしたが、私なりに工夫もしていたが一人になった時、真剣に考えた。やはり無理だった。このことをナガちゃんに伝えると、

「ほんまに実行したん。カヨちゃんすごいな」

と驚いていた。現在は便利な用品が迷うくらい作られている。夢みたいだ。


こんな日々でも、義姉から電話がある。

「あんたらいっこもお義母さんとこに行ってへんねんてなぁ」

それからは、義母のカレンダーに印を付けるようにした。

義母の家に行くとなかなか帰してくれなかった。三人が気になる。

やっと家に戻ると、長女が、

「おむつにうんこちゃんしてやったから、うんこちゃん水に流してオムツはバケツに入れたよ」

と言うなり、二人を抱きしめて、

「そうかお利口さんやったね。おおきにね」

とワアワア泣いた。二人は笑っていた。

義母が外で転倒した。義母も見ることになる。疲れと部屋がなく、急いで義父を入院させることになるが、長期の入院で男性は二か月間以上、女性は半年以上待たなければならない。妹の力添えで遠くになるが二週間ほどで無事入院出来た。義姉は義父の入院を知ると、

「良かったわ。入院してないから恥ずかしかった」

と言う。安心した。

義母は怪我が治ると帰っていった。

日曜日は家族で義母の家に立ち寄ってから、病院に行く。平日は私一人が多くなった。

私は義母一人でクリスマスやお正月を過ごさせたくなかった。クリスマス前の日曜日に夫が義母を迎えに行った。お正月は義母も一緒に私の実家で寝泊りして過ごした。義母が家に戻ると、必ず、義姉から、

「無理に連れて行って」

「お風呂でこけかけた言うやんか」

いろいろと言われた。数年続いたが、迎えに行くとすぐに車に乗ったようだ。

母は言う、

「なに言われてもええやん。そんな人やんか、ほっとき、言わしとき」

母と話すと何故か、温かい心になる。


数年後、義母も同じ病院に入院出来た。

入院の日、義母が、

「楽になれて嬉しおまっしゃろう」

と言った。

「はい、ありがとうございます。楽になります」

と返した。

それからは、入院代が二人分覆いかぶさった。その時の夫の手取りが五万五千円であった。入院費は一人二万八千円。他にオムツ代、おやつ代、交通費諸々がいる。私も少し手内職をしていたが、二人分となると本格的に自宅で洋裁を教えた。毎月十日ぐらいは、徹夜で仕立物をする日々が始まったが、焼石に水だ。夫は義兄姉に出してもらおうと言ったが、私は反対した。ここまで頑張ってきたことが無になると思った。母の仕立をすると仕立代を余分にくれた。いつの間にか楽しみになっていた。入院代は徐々に上がり、最後の数年間は一か月、一人六万円になっていた。

洋裁の日々が、沢山の立派な方々の出会いとなり、今の私を創ってくれる源になっている。

病院通いも十年が立つと、型通りとなる。昼頃に着くと最初に義父。義父は用事が終わると、すぐに帰らせてくれるが、義母はなかなか帰らせてくれない。帰る時は必ずもう一度、義父の顔を見て帰る。同じ病院内で良かったと感謝する。

義母が優しい。今までになく優しい。初めてだ。

「早う帰り、早う帰り」

と手で払うようにする。そして、通帳の入った袋を私に渡す。

「夫に渡せばいいのですね。このまま必ず渡しますから安心して下さい」

と言って帰った。

後に夫が、

「通帳には三百万円入金されていた」

と言った。当時、一人分の葬式代に二百万円は必要だった。

翌日の夕方、不思議なことが二回起こる。一回目は台所に立っていると、不意に耳元で義母の声がした。〃お姉ちゃん〃とはっきり聞こえたが、何も思わずにいた。

八時過ぎ、娘達と食事を摂る時、二回目が起こる。誰も当たることもなく、近寄ることもしないのに、額が突然椅子の上に落ちた。ストーンと割れもせずに落ちた。胸騒ぎを覚えながら額を戻す。

十時前に電話が鳴った。震える手で受話器を取った。

「病院です。お義母さんが亡くなられました。どなたかご家族の方来て下さい」

と電話は切れた。震えたままの手で、夫に連絡するが、いつもの場所に居ない。連絡が取れないまま、時間が過ぎる。やっと十二時過ぎに帰って来た。

病院に着いたのは真夜中の二時五分。看護婦さんの〝来るのが遅い〟という雰囲気が伝わる。すぐに地下の薄暗い廊下を通り、霊安室に案内される。足がガタガタ・ガクガク、震えて歩けない。夫にしがみついてやっと歩けたが、夫もガクガク震えていた。看護婦さんは案内するとすぐに居なくなった。

霊安室は薄暗い電灯が一か所だけ灯り、義母ともう一体の仏が安置されていた。二仏の顔にはそれぞれ白い布が被されていた。どこからか風が入ってくると覆い布が揺れる。

二人にされた夫は、

「看護婦さん呼んでくるわ」

と言いながら、霊安室を出て行ってしまった。一人残された私は、息もできないほど怖さも頂点に達した時、外からガヤガヤ人の声が聞こえてくると、葬儀社の人達が外から入って来た。やっと夫が看護婦さんと一緒に現れた。私達は先生や看護婦さんに見送られて病院を出た。外は白け始めていた。

帰りたかったであろう家に仏を一晩だが連れて帰る。葬儀社の人達はまた昼頃来ますと帰って行く。夫は気になる仕事がある。帰りは娘達を連れてくると会社に行った。

またもや一人。これから、周りの者は誰も手掛けたことがない事態に戸惑い、昨夜と全く違った動悸と震えを飲み込みながら、葬儀社の人を待った。打ち合わせは予定より早く始まった。本当に細かいことまで決めていく。費用もその都度、増えたり減ったりする。後々のことだがこの手で五人送ると葬儀社の人を驚かせた。夫の時は娘と二人で行動した。私の時は大丈夫だろう。

その晩は何年ぶりだろうか、夫の兄姉が集まった。

義兄達は一度も病院に見舞いに来なかった。夫が言うには、

「お金の事が言われるのが嫌やったんちゃうか」

義姉達は義父の入院、義母の入院時に一度ずつ綺麗に着飾ってきたが、すぐではなかった。義母も義父と同じ病院の三階と五階だったが、

義母は義父に会いに行くのを嫌がった。けったいな家族だ。

お上人の枕経が終わると義兄姉達はいろいろと理由を付けて、

「明日、式場に行くわ」

と口々に言いながら、七時半頃には皆、帰って行く。用意したお膳だけが残る。ご苦労さんの一言もなく、早々に立ち去る。皆の後ろ姿に向かって夫は、

「帰れ。帰れ。帰ったらええわ」

と大声で叫ぶと大声で泣いた。泣いて、泣いて、泣き崩れた背中を擦っていると、一瞬だけ義母の姿に変わった。〝ああ義母が泣いている。泣かしている〟

泣き疲れ寝た夫や娘に布団を掛け、手付かずのお膳を片付け、物音一つしない大寒の夜を、ロウソクの火を消さないよう淡々と一晩中過ごす。ウトウトしかけると、リンの音やカヨちゃんと名前が呼ぶ声がし

て、ハッとして気が付くと火が消えかかっている。

朝方、五時近くなるとフラフラになる。夫を起こし、このロウソクの火を消さんように二時間で消えるから気を付けてと頼み、横になる。パッと起きると六時が過ぎ、火が消えている。夫は一緒に眠っていた。

昨夜のお膳を食べた。それでも残り、昼に回す。仏は八時頃に葬儀社の迎えで先に式場に向かった。てんやわんやしながら言われた三時に着く。早々に湯灌が始まった。仏は胸から下に少し大きなタオルが掛けてあったが、まるで生きているように全身が桜色で美しかった。係の方が、

「顔や手足を拭いてあげて下さい」

と声をかける。誰一人見つめているだけで動こうとしない。嫁の私がシャシャリ出て良いのか考えている場合ではない。仏が可哀想。すぐに前に出て、顔から拭き始めると、夫が続く。皆も後に続いた。いつの間

にか全て、私が仕切る。誰も動かない。お飾りである。

葬儀の日、初めて義兄のお嫁さんと話した。母と二人で着付けをしてあげている時だった。

「あなたのことはいつも感謝しております。足を向けて寝られません」

と突然言われて驚いた。この方も義母義姉に苦しめられた人だった。自殺しようとまで追い込まれた人だった。

義兄は親より妻を選んだ。

一か月も経たないうちに義父も亡くなった。義母が亡くなったことを知らないまま。

葬儀社も係の人も義母の時と変わらなかった。

一つ変わったのは、二人喪主から夫一人で喪主に立ったことだ。

二人とも小さな骨壺に入った。骨壺は私に渡される。皆はソファーに座り、気にもせずにいる。夫に渡そうとすると、私に「持っといて」と言う。事務所の手続きに骨壺を持って走り回った。

自宅に帰る自動車の後部座席に娘達は眠っている。

私は骨壺を膝の上に置き、両手で覆った。自然とお上人さんが唱えた簡単な耳に残った題目を口ずさんだ。すると信号待ちで義母も唱えているのが耳元で聞こえる。聞き間違いかと思ったが、信号待ちではっきり聞こえた。

仏壇を置く位置を心配したが、義母が座っていた位置にピッタリと合った。

四十九日を終えると、すべて二人一緒に行事が進む。義父母は息子孝行をしてくれた。

お上人が月命日に来る。夫と私に名前を書いた経本が渡された。読めない。フリガナがしてあっても読めない。舌を噛む。四か月過ぎた月命日にお上人に言った。私は二重人格です。

「なんでこんな人にお経を上げんとあかんねんやろうと悲しくて泣いています」

するとお上人は、

「仏があの世から謝ってはるんですわ。仏は良いことでも悪いことでも何でも思い出してくれたら嬉しいんですわ」

と言って帰った。

夫は義母の夢を良く見る。そのたんび、

「怒られた夢を見た」

「怒っている夢を見た」

と言う。

年の瀬も近く、私の下手くそなお経も形になった頃、いつものようにお経を唱えていると、急に二人は真の仏になったと感じ、私の重い心も軽くなり不思議な思いでいた。夫が帰り、

「お義母さんな、仏さんになりはったと思うわ。これから、怒ってはる夢みいひんわ」

と伝えた。

数日後、夫が笑顔で母親の夢を見たと言った。

「笑ってた。あんなん初めてや」

とそれ以後、夫から義母の夢の話を聞くことはなかった。

お経は十三年間、欠かさず唱え続けた。


義母は最後まで私を褒めることはなかった。一度だけ、

「あの親御さんの娘さんやから」

と言ったことがある。私の呼び名も、カヨちゃん、お母さん、お姉

ちゃんに変化した。

墓を建て、この家に仏となっても居るのだから私でも良いのだろう。後々に仏も見てもらうものを選ぶと聞いた。


時の流れは不思議なもの、あれほど嫌いな義母なのに今はお墓も一緒に入っても良いと思うようになり、夫を納骨する時には、宗教に関係なく、大勢入れる作りにした。墓石は少し小さくなったが、建立者の夫の名義は残し、阿弥陀様を彫ってもらった。業者さんが親切な方で、切り取った墓石で区切り、安価で無駄なく仕上げ、想像以上の物が出来上がった。

父が生前、

「お前達は大阪の人間や。田舎に墓があると大変だ。大阪で墓地を買った。家から少し遠いが、ドライブと思えばいい」

と、その時、夫も勧められて購入していた。隣り合って並んでいる。

今はこんなに良いお墓はないと思っている。誰かが必ず参っている。思い掛けなく出会うと、お茶をして帰る楽しみもある。

夫の会社から健康診断を受けるよう指示があった。夫は毎年、受診していたが、家族は四十五歳で指示が出る。いつの間にか連絡が来る年齢になっていた。

生まれて初めて健康診断に行く。会社の病院は出入り口から静かでより心細くなった。このまま帰りたかった。受付の看護婦さんが出てくる。名前を言うと準備されていた検査着を渡される。着物の形をした袖や丈が短い男女兼用のものに着替えると、広い丸い部屋に案内された。

既に沢山の人達が居る。真ん中にゆったりした椅子が並んでいる。好きな場所で座って、呼ばれるのを待つ。周辺には、両脇にバリウム検査室、体重測定、血液検査、レントゲン、骨粗鬆症、眼科、眼底検査、視力検査、肺呼吸検査、尿検査、大腸がん検査等の部屋があり、どの部屋から名前を呼ばれるか分からないので静かに待つ。検査が終わると、結果を聞いて帰るが、結果が悪いと専門医に行くことになる。

私は、水薬はどうにかこうにか飲めても粉薬は全く飲めない。味わって飲むみたいだ。どうしても飲まないといけない時はオブラートで包む。それでもなかなか飲み込めず、喉の奥で行ったり来たりするぐらい苦手だ。

バリウムを飲む時が来た。まず一番に五ミリほどの小さい平べったい錠剤四十三枚を、少しの水分で飲まないといけない。これを飲むのも至難の業。続いて大ジョッキー位のコップに、真っ白なセメントみたいな液を飲め、半分飲め、一気に飲めと言われても一口含んだままで飲み込めない。喉に蓋が出来たみたいだ。

技師さんも優しいが根気がある人だった。私が目で許してほしいと願ったが許してもらえず、涙を流しながら飲みほすと、技師さんはやったとばかり笑って姿を消した。後はどこからか声が聞こえ、激しい器械体操だ。フラフラになって検査室を出た。

係の方が紙をどうぞと差し出したが、すぐに座りたいのでいいですと歩こうとして、鏡に映ったその顔は、鼻から下が真っ白、白すけ。慌てて紙をもらい、見直すと、「やまんば」が居た。最後は眼底検査の散瞳だった。外に出ると、夕日が眩しくて、目が開けられず、どうして帰り着いたか覚えていない。

二年目、バリウム室から声がする。昨年と違う人だがニコニコと迎えられる。上手に飲まないとと気合を入れるが、やはり一口飲み込むと喉に蓋が出来る。涙と共にやっとのことで飲み込む。次はゴクゴクと飲んでごらんと言われるので、それが良いと思い頷いてゴクゴクと、飲めたと思った瞬間、ウォーとすべてを吐き出してしまった。前一面バリウムだらけで真っ白、私も真っ白、私の検査はここまでで、部屋を出され、顔を拭きながら、今、出て来た検査室を見ると、中止の赤いランプが点いた。皆様はあと一部屋のバリウム室を待たなければならなくなった。

三年目、受付の手続きをする時、受付の方が、

「婦長、マスダさんが来られました」

と呼ばれ、婦長さんがニコニコ笑顔で、

「マスダさん大丈夫ですか」

と尋ねる。

「はい」

にこっと返すと、自分でも驚くほど、元気に言えた。

いよいよバリウム室だ。ニコニコされていても何か緊張した雰囲気が漂う。やはり飲み込めない。ちょっとずつ飲むから時間がかかる。やっと半分。

「こんだけ残してはいけませんか」

と涙目で訴える。

「うん、あともうちょっと飲んでほしいなあ」

「こんだけ？」

「こんだけ？」

と飲むごとに合図する。八分飲んだところでＯＫと答えた。帰りの受付でも婦長さんが出て来た。

「頑張りましたね」

とニコニコと見送ってくれた。来年もまた来ようと元気が出た。

四年目、受付で婦長さんと、

「マスダさん大丈夫ですね」

「はい」

と元気に答え、各検査室を回る。バリウム室も何故か生き生きと入れた。技師さんが錠剤の薬を持って来た。

「マスダさん、この薬は二年前から顆粒になって、錠剤は作っていません。マスダさんの為に錠剤を取っていました。次からは顆粒になりますが大丈夫ですね？」

と問う。

「大丈夫だと思います」

と自信がないまま答えた。バリウムは八分だけで許され、無事終了。帰りも婦長さんが声を掛け、見送ってくれる。顆粒のことはすっかり忘れていた。

五年目、婦長さんの励ましで元気よくバリウム室に入る。すっかり忘れていた。ああ薬が錠剤から顆粒になっている。この少しの水で飲めるのか怖かった。やはり飲めない。口の中はいっぱいの顆粒が残っていたが、飲んだ振りして頭で頷いた。すると口の中が段々膨らんでいく。もうあかんと思った時、気が付いた技師さんが、慌ててコップを差し出してくれた。私はやっと、口をパッと開くことが出来た。耳が痛かった。この時まで、この薬の役目を知ることもなく、聞くこともなく、只、飲んでいた。胃を拡張するものであった。技師さんは私を機械台に乗せると、再び薬を飲ませ、確認するとバリウムを飲ませる。我慢して、我慢してと機械を動かし、一人で私の周りを走り動いた。技師さんの方が我慢していた。

六年目、婦長さんが、

「バリウムに味が付きましたから飲みやすくなったと思います」

と言われ、イチゴは大好きだ。期待が大きすぎた。バリウムを口いっぱい含んで飲み込めていない。我慢、我慢と言われ、機械が動く。私は機械上でウォーと吐き出した。バリウムは全て私にかかる。顔・太もも・お腹・胸すべて真っ白。初めて女の人が出て来て、

「マスダさん、このまま検査続けますね」

と言いながら、検査着をパッとはだける。パンツと帯だけ残り、後は前を全てさらけ出した状態になったまま、機械は動き出した。終わって出る時、初めて知った。ガラスの向こう側は四人の技師さんが居た。

七年目、婦長さんの声かけが楽しみとなっていた。着替え室で驚いた。色は同じでも、ズボン形式に検査着がなっている。格好いいスーツになっている。もしかして、あの去年のことが原因かなぁ。

八年目、行きたくなかった。検査はもう良いと思った。

九年目、私、五十四歳、夫、五十九歳、三十八年間勤め上げると続いて他の部署に勤めていた。血圧の薬を飲む日々になっていた。

夫が血液検査で引っかかり、嫌がる私と初めて会社の病院に行く。婦長さんの励ましや技師さん達の優しさで頑張れた。夫の血液に異常はなかった。まさかの私の大腸から出血があるので近日中に専門医に行くようにと言われた。この年が会社の病院との本当の別れの日であった。

夫が命を救ってくれた。

娘二人は看護師になっている。それぞれ大病院に勤務する。長女は産科、新生児・小児科に強い。次女は成人が主で成人病に強い。次女が大阪に呼び寄せた。娘に恥をかかせたくないので、こそっと手続きをする。

検査の日になった。腸を綺麗にするために便を残さず出すことは理解できるが、一歩入った部屋はそれぞれの机にドカッと二リットル入りの大きなボトルとコップが置かれ、沢山並んだトイレに通うのが始まる。看護師さんの判断で、先生の診察を受ける。朝十一時に入り、四時近くなってやっと診察だ。

「三つあります。ほっておくとイワになる。今が取り時やなぁ。手術は何時がええかなぁ。十月が空いているね」

先生が一人話し、私は言われるままで頷くだけだ。十月下旬に決まった。

手術の時は何か薬を飲むとすぐに手術が始まる。大きな大きなたとえようのない音が三度響き渡る。その音は今でも耳に残っている。

年明けて一月末、取り残しがないか再び検査のために行く。九時には手続きをして、早く帰る段取りだった。検査に来る人来る人に、

「おはようございます」

と言っているうちに昼になり、

「さよなら、さよなら」

と皆を送るとだんだん心細くなりだした。

四時頃になると看護師さんに、

「マスダさん改めて明日にしますか」

と問われる。そこへ先生が出て来られて、

「緊急の処置でするわ」

また、一つあり、その場で手術となった。何やかんやで、ドタバタと巻き込みながら年月が過ぎ、五十八歳の時、

「はい、マスダさん、これで今、暫くは大丈夫です。卒業です」

と先生から嬉しい言葉。以来大掛かりな健康検査はいまだに受けていない。

平成十五年十月、仕事一筋の夫が倒れた。

その日は日曜日だった。六時に起床した私に、横のお布団で寝ている夫が、

「お母さん起こして」

と身体を半分立て、手を上げて言った。私は、

「何言うてんのん」

と言いながら洗面所に行き、戻ると、まだ同じ格好の状態でいる。また、

「起きられへん」

と言う。私は慌てもしたが、気軽に、手を握り引っ張ると、夫の身体はクルッと回る。ただ事ではない。やっと悟った。慌てて、夫を制止させる。

〝動いたらアカン、動いたらアカン〟私自身も何をやっているのか、二人の娘に電話をしていた。七時に救急車が来た。救命士さんからひどく怒られた。

夫の容体は、一か月近く定まらなかった。

リハビリの専門学校の教師になっている妹夫婦が夫にずっとリハビリを施してくれていた。

私の身内は時間がある限り、何度も様子を見に来てくれた。夫は自分

の身内には、知らせるなと言った。私は内心ホッとした。

以前、夫は、私のことを良い両親、弟妹に囲まれてええなぁと羨んでいた。

現役の頃、昇格試験を受ける時、普通ならば、妻や子供を実家に帰すと思うが、夫が私の実家に行き、母や妹が食事、新聞切り抜き等を手伝い、二か月近く振りまわされていた。白無垢で嫁入りした私は染まらず、夫の方が染まった。何色だったのだろう。

本人の努力、皆んなの支えもあり、病院を三か所回りながら、二年間の入院生活を終える。退院手続きの窓口に、偶然、ナガちゃんがいる。声を掛けると人目も気にせず、私の胸でオンオン泣いた。

夫の退院の日にナガちゃんの夫が入院した。

私はこの日まで夫が倒れたことを言えずにいた。退院二日前の電話でも、元気で働いているとごまかしていた。ナガちゃんはこのことを折に触れ、強く叱る。心地よく笑うだけの私だ。

あの日、あの時、神様仏様が動いた。

ナガちゃんの夫、私の夫は障害者になった。

新天地に求めた土地には義母を引き取るつもりだったが、一緒に住むことはなかった。その家も、夫が少しでも楽にとバリアフリーに建て直し、娘夫婦と同居する。

前日の大雨が嘘のような晴れ渡った日、家を建てた棟梁二人が点検に来た。娘達が、応対していたので、私は頼まれものをしていた。暫くして玄関に行くと、大きな靴が二足不揃いに並んでいる。一足の靴は新しく、もう一足の靴はベタベタに湿り、真っ黒に汚れ、踵も折れていた。

「もう、婿殿は何！　この大きな靴、脱ぎっぱなしして！　何や！　この汚い靴は！　ほかしたらええのに！」

と言いながら、新しい靴は下駄箱に入れ、汚い靴はほかしたるわっとチリトリの中に入れたが〝やっぱり、本人に聞いた方がええなぁ〟と思いなおすと、門扉の傍の階段に立て掛けて置いた。夫の部屋から、

「お母さん、誰かブツブツ言ってはるで」

「お母さん、クツ、クツ言うてはるわ」

と声が掛かる。

「なんやって。クツ？　クツ？」

と隣の部屋でのんきに答えていた。

「お母さん、やっぱりクツ、クツ言うてはる」

はっと気が付いた。〝そや、あのクツや〟急いで玄関に行くと一人の棟梁がハダシでウロウロと、

「クツがないんですわ」

聞くが早いか、門扉に行き、

「ごめんなさい」

外から、

「このクツですか」

と両手でクツを高く掲げて問い掛けた。

「いいえ、もう一つの方です」

「すみません、それなら下駄箱の中に入れております」

また急いで駆け戻り、下駄箱の両扉を開いたが同じような大きさ、シマ模様のクツばかり。入れた位置も忘れた私は、

「ごめんなさい。どのクツか分かりません。棟梁が取ってくださいませんか。お願いします」

「このクツですわ」

とホッとした様子で急いで履くと、車の方へ行った。今でも思う。チ

リトリの中から出しておいてよかった。

夫がなかなか自身の障害を受け入れ、認められずにいた頃、ナガちゃんは御主人の通う施設の行事に呼んでくれた。

初めは渋っていた夫も、次からは目を輝かせた。待ち望んだ。バザー、文化祭、遠足、小旅行、運動会、手芸の日は夫たちの大真面目な顔に皆んな大笑いした。運動会では車いす競争で毎年、一着だった。仮装行列は思い思いの変装をさせて、出来上がると、次は脱がせる競争でナガちゃんが得意だった。

それぞれの家族たちに足でまといさせたくないと何事も行動は四人一緒だった。北海道から済州島迄巡った。初めは各自で取った部屋もいつの間にか同室にし、お風呂も共に入った。

十年近い歳月は瞬く間に過ぎた。

平成二十五年四月末にナガちゃんから〝五月に入ったら遊びに行くね〟と連絡があったまま。忙しい夫婦やからと安心していた。

ゴールデンウィークが過ぎた時、御主人の入院したとの知らせ。直ちに、夫と病室に行く。夫は只々泣くだけで言葉が出ない。次からは娘と二人で行くことにした。

平成二十五年九月、御主人は宙に還った。

平成二十六年八月、夫が宙に還った。

二人とも三か月の戦いの後、宙に還った。

リハビリの時のお父さんの身体はどんな感じなん？　重たいん？　と聞いてみた。

「鎖に繋がれている様だ」

と言った夫。

「そうなんや、ジャンバルジャンなんやなァ」

心身共に自由になって、宙を巡りながら、夫達は、

「あの二人は、又、アホなことしてへんかいなぁ」

と話し合っているだろうか。

「ほっといてんか、かもてなや」

と宙に向かって答えよう。

いつも明るいナガちゃん夫婦と一緒で良かった。励まし、慰め合いながら歩いた道、本当にすべてが楽しかった、幸せだった。

夫は障害者になってしまったが、私は世の中の仕組みに目覚め、夫に相対しては、普通に良い人と思って生きてるつもりが、ふと、普通に悪い人でもあったかと気が付けば、ビックリ、がっかり。

真の夫婦になれた十年だった。

「ほな、時間ができたら連絡するわ。今日も元気もろたわ。ありがと

ね」

「ウチもや、気いつけてね。ありがとさん」

二、三か月に一度、墓参を兼ねてつかの間のデート。ちょっと贅沢して千円ランチ。Ｓカップのコーヒーを飲み、泣いて笑って、帰り際の会話だ。私は近年、ナガちゃんは神様仏様が選んでくれた人と思っている。ナガちゃんの後ろ姿を振り返り、振り返り歩く。御主人が亡くなる前日、私が帰ろうと病室のドアーに手を置いた時、「カヨちゃん、これからも仲良くしてや」と声を掛けられた。

御主人のお別れ会の時はナガちゃんの姉のキミエちゃんが、

「カヨちゃん、今まで黙っていたけど、私ら韓国人やねん」

急にしんみりと言われ、驚いた。

「はい、とっくの昔から知ってます。私らの周りの者は皆んな知ってます」

キミエちゃんは大きな目をすると、そのまま何も言わなかった。キミエちゃんの言葉に計り知れない、重い重いものを一身に負っている立場にナガちゃんを重ねた。

ながらえて、背負う人生が分かる。夢や希望を持たない人はない。望み通りの人生を送れる人は極僅か。多くの人は様々な人生模様に携わらなければならない。現世も修行と聞く。

私は人生半ばまで持ち続けた夢を遠ざけた時、一つだけ願いが残った。大好きな尊敬する父母と巡り会いたい。おいでと呼ばれたその時に、褒めてもらいたくて生きている。

父の教え

一．真剣に生きよ。
どんな些細なことにもベストを尽くせ。

一．何事もいいかげんに取り扱わない。
ただ、一回きりの一生だから、大事にして、汚さず清く送ろう。

一．人生はすべてに明暗両面がある。
だから常に明るい面で見よ。

一．一生が学習だ。

学校の卒業を以て、学問と教育の世界から縁が切れたなどと考えるな。

一．絶えざる自己学習が大切だ。

一．いろいろな書物を遠慮なくかじること。

だからと言って、人生を決して堅苦しい、あくせくしたものと考えるな。

一．芸術、スポーツ、レクリエーションこそ、人間にとって、大切な人生の場である。

特に体を鍛えることに留意せよ。常に健康であれ。

一．平常心を忘れるな。
得意な時も有頂天にならず、失意の時もむやみに落胆するな。やたらに怒るな。常に怒らない様、修養せよ。

一．人には親切にせよ。
親切は人のためにでもない。将来、何等かの形で返ってくるものだ。

一．全てのものを通して、その底にある人間らしいものの尊さを身につけるよう努力することだ。

沢山、沢山、教え正した父と母。

財はないが、子供には恵まれたと言った父
弟、妹は教育分野で尽力した
弟は父を越えた
対し、このお姉ちゃんは何にもない、ないない尽くしのずんべら坊

お父ちゃん
お母ちゃん
このお姉ちゃんは
誇れる子供でしょうか
大手を振って会いに行けますか

間もなく、十二月。

「ボーナス一万円入ったから、コーヒーおごるわ」

とナガちゃんの元気な声でお誘いが掛かる。

お互いの穏やかな日々を確かめ合いに行こう。

そして、車いすの人を見かけたら、

「大丈夫ですか？　お気を付けくださいね」

と声をかけに行こか……。

著者プロフィール

益多 蘭葉（ますだ かよ）

1944年生まれ
大阪府出身
奈良県在住
広いと思った世の中は
狭くて窮屈だったけど
儚ならぬ一世だったけど
出会い 喜び 苦しみ 悲しみは
すべてに繋がる
導かれた一生でした
感謝を心の糧にして

しょうもない一生一世
判定はあの世の二人

2020年 8 月15日　初版第 1 刷発行
2023年 4 月30日　初版第 2 刷発行

著　者　益多 蘭葉
発行者　瓜谷 綱延
発行所　株式会社文芸社
〒160-0022　東京都新宿区新宿1－10－1
電話　03-5369-3060（代表）
03-5369-2299（販売）

印　刷　株式会社文芸社
製本所　株式会社MOTOMURA

ISBN978-4-286-21770-3